AN CRAICEANN AGUS A LUACH

do Churstaidh NicDhòmhnaill, Uibhisteach,
nár chaill a radharc ar a craiceann róin riamh

Eithne Ní Ghallchobhair

AN CRAICEANN AGUS A LUACH

ARLEN
HOUSE

An Craiceann agus a Luach

Foilsithe in 2021 ag
ARLEN HOUSE
42 Grange Abbey Road
Baldoyle
Baile Átha Cliath
D13 A0F3
Éire
Fón: 00 353 86 8360236
Ríomhphost: arlenhouse@gmail.com
www.arlenhouse.ie

978–1–85132–257–2, bog

Dáileoirí Idirnáisiúnta
SYRACUSE UNIVERSITY PRESS
621 Skytop Road, Suite 110
Syracuse
NY 13244–5290
USA
Fón: 315–443–5534/Facs: 315–443–5545
Ríomhphost: supress@syr.edu

Clóchur ┊ Arlen House

Tá Arlen House buíoch de
Chlár na Leabhar Gaeilge
agus d'Fhoras na Gaeilge

Foras na Gaeilge

CLÁR

Is iomaí leagan den scéal faoin mhaighdean mhara a
phósann fear daonna atá le fáil sa bhéaloideas fud fad
cheantracha cósta Iarthar na hÉireann. Léigh mé an scéal
seo den chéad uair faoin teideal, 'Mar a Tháinig an
Mhaighdean Mhara go Leac Chonaill' i mBailiúchán na
Scol, sa chnuasach a tháinig ó Scoil Leac Chonaill in Ard
an Rátha, Co. Dhún na nGall. Máirín Nic Grianra a
bhailigh an scéal ó Phádraig Ó Gallchóir. (CBÉS 1047: 386–
397). Fiche agus a dó abairt san iomlán atá sa leagan seo
ach, gearr, gairid mar atá sé, téann an scéal go smior na
gcnámh ionam achan uair a léim é.

Mar seo creatlach an scéil: Aon oíche amháin, téann fear
darb ainm Mac Aoidh amach ag siúl cois cladaigh.
Tchíonn sé scaifte de mhaighdeana mara ag snámh sa
chuan agus bratacha s'acu caite le taobh carraige ar an trá.
Sciobann sé leis ceann de na bratacha agus cuireann faoi
cheilt é ach gan a brat féin a bheith ag achan mhaighdean
mhara ní thig léi pilleadh ar an Domhan Faoi Thonn.
Nuair a thugann na maighdeana mara faoi deara go bhfuil
Mac Aoidh ann, téann siad ar mire ar fad. Beireann achan
bhean acu greim ar a brat féin agus ar shiúl leo amach ar
dhroim na mara. Ach fágtar maighdean mhara amháin acu
ar an trá fholamh gan bhrat, gan a craiceann róin. Síos le
Mac Aoidh fhad léi agus iarrann uirthi dul chun an bhaile
leis agus é a phósadh. Tchítear don mhaighdean mhara
nach bhfuil an dara rogha aici agus leanann sí an gadaí
gan fhios di gurbh eisean a bhí taobh thiar den ghníomh
bhradach. Anois, tá sí sáinnithe ar dhromchla an domhain,
í ina hiasc ar talamh go dtí go dtig an lá a bheidh faill aici
éalú.

Chuir mé romham agus an eipic seo a leanas á scríobh
agam, iniúchadh a dhéanamh ar achan réimse den scéal
agus léargas a fháil ar mheon na maighdeana mara agus í

ina giall i dtír choimhthíoch gan cara gaoil, gan chompánach.

Tá sciobadh an bhrait agus teacht na maighdeana mara ar an bhrat in athuair mar chroílár na n-imeachtaí óir is ionann an brat nó an craiceann róin sa scéal seo agus brí bheatha na maighdeana mara. Is ionann é fosta agus cead a cinn. Gan an brat a bheith aici tá an mhaighdean mhara gafa. A fhad is atá an brat ina sheilbh ag Mac Aoidh tá an mhaighdean mhara faoina smacht idir chorp chleite agus sciathán.

Is iomaí ceacht atá le foghlaim ón scéal seo agus ní iontas ar bith é go maireann an oiread sin leaganacha den scéal. I dtoiseach báire: bíonn fuascailt na faidhbe fá scread asail dínn go minic. Sciobadh an brat ón mhaighdean mhara gan fhios di nuair nach raibh sí ar an airdeall agus cuireadh i bhfolach uirthi é. In achan uile leagan atá léite agam bíonn an brat fá fhad scairte don mhaighdean mhara i rith an ama, bíodh sé sa bhóitheach, sa díon tí, sa scioból, sna creatlaigh nó, ar ndóigh, i gcoca féir. An dara ceacht: glacfar géilleadh don spiorad a mhaireann ionainn féin le bheith go hiomlán istigh ionainn féin. Níl sé de chead ná de cheart ag duine ná deoraí ár gcraiceann róin a ghoid uainn. B'éigean don mhaighdean mhara pilleadh ar an fharraige ar ais nó ar éigean chun a theacht slán ina hintinn, ina haigne. B'éigean di a bheith dílis di féin agus dá cineál ar neamhchead dá gcaithfeadh sí a fhágáil ina diaidh. An tríú ceacht: is é an dóchas lia an anró agus is treise dúchas ná oiliúint.

Ná cailleadh duine ar bith agaibh, a léitheoirí córa, súil ar bhur gcraiceann róin.

I

SUÁILCEAS SÁILE

Bhí sin ann, aon oíche earraigh
ribeach, réaltach, iomlán gealaí
scaifte ban i gcrioslach mara
ag ceol le fonn, go gealgháireach.

Agus shnámh siad go fuinniúil,
go misniúil, go cróga,
go giodamach, go giongach,
go spreagthach, go spleodrach.

Na scórtha acu ag spraoi
go suáilceach sa chúr,
bhí mar fhleadh, mar fhéile
san fharraige fhuar.

Iad ag fiodrince, ag friotáil
thart ina mbeirteanna,
ag mirerince go subhach
gan chochaill, gan cheirteacha.

Sheol siad leo i mbun a siamsa
i leamhach farraige gan siosma.
Ag damhsa leo go ragairneach.
Ag scairtigh leo go gliondrach.

Phreab siad in airde ar na bristeacha
go gleadhrach.
Thom siad faoi chraiceann na farraige
go meidhreach.

Léim siad agus chroch siad
go spraíúil sna tonnta
ag bobaireacht, ag glugaireacht
ag gabháil d'amhráin is de dhuanta.

Shnámh siad leo
go maorga, maisiúil.
Sheol siad leo
go diamhair, taibhsiúil.

Fuadar scléipe agus séin
i gceartlár socair aigéin.

Foltanna fada, fionna,
loinnir ina súile,
póganna gréine ar a gcraiceann,
iad gealghnúiseach.

A nduala snasta
cóirithe le cnaipí,
le bláthanna ildaite
agus le cleití.

A muinéil maisithe
le slabhraí péarlaí.
A sciatháin ornaithe
le bráisléid órbhuí.

Mná ag bíogarnaíl.
Seodra ag spréacharnaíl.
Meidhreogaí uaisle na mara.

Agus anois, a chairde, fágaimis slán ag na mná seo seal
tamaill go n-inse mé mo scéal.

II

MAC AOIDH – AN DONÁN DUAIRC

Bhí sin ann, mar a bhí riamh,
áitreabh seascair ar an tsliabh.
Agus istigh sa teach mhair fear leis féin
ar thorthaí talaimh agus aigéin.

Scioból, bóitheach, garraí méith –
bhí an toicí seo ina shuí go te.

Ó gheal maidine go dúchan oíche
scíste níor lig sé riamh ná choíche
ach ag saothrú leis go dúthrachtach, dian
ag baint iomlán leasa as gealach, as grian.

De lá d'oibrigh sé ar an talamh:
ag cur, ag baint, ag rómhar, ag treabhadh,
ag cothú, ag grásaeireacht, ag giollacht eallaigh,
ag dul ó thortóg go tortóg i ndiaidh gabhair a d'éalaigh.

D'oíche ag spaisteoireacht leis cois cladaigh
ag coimheád go géar ar fhir cuain agus calaidh.
A bhfoiscealach éisc á iompar acu 'na tíre,
iad i lúb cruinnithe, idir shúgradh is dáiríre.

Leanfadh seisean leis ina lúnadán amscaí
ag déanamh go raibh siad imithe chun siobarnaí.

Leanfadh seisean leis,
leis féin.

Ag cruinniú dúlamáin, ag bailiú duilisc –
bhí an sliúcaiméir santach, cancrach agus giorraisc.

Nó chaith sé a shaol
gan chearc, gan chlann.
Ar cheol an tsaoil
ba bheag a bheann.
Uilig leis féin
sa teach mhór sheascair
gan chuideachta, gan chomhluadar
feascar i ndiaidh feascair.

Bhí sé go hiomlán dírithe
ar fhreagrachtaí, ar dhualgais
gan am aige smaointeamh
ar shaol chun suáilcis.

Lean sé leis,
leis féin.

Ach mar is eol don uile dhuine ar an domhan cláir ní raibh
taoide ann go fóill nár thiontaigh.

Shiúil Mac Aoidh ar imeall cladaigh
go socair agus go stuama.
An t-uaigneas ina luí go trom air,
bhí sé dúchroíoch agus gruama.
Thar na carraigeacha
ag seachaint feamainne
le heaspa misnigh,
easpa meanmna.
A cheann crom,
a lámha thiar,
ag bóithreoireacht leis
soir agus siar,
ag snámh in aghaidh easa
mar a chaith sé a shaol.
An t-uaigneas á stiúradh,
a bhrí bheatha i mbaol.

Agus shiúil sé agus shiúil sé,
ach, bíodh sin amlaidh,
fríd na sceacha a ghabhann an uile dhuine
chun an réitigh.

Threabhaigh sé leis
gan chompánach, gan chara.
Chuala séideadh rónta
agus buarthaí muc mara
a mhair ina fhoisceacht.
Chuir air cluas le héisteacht.

Nó go tobann,
chuala sé gáire spraíúil,
glórtha ban óg
ag ceol go croíúil.

Tháinig fuinneamh ina chorp.
Lean sé an fhuaim.
Agus ar an bhomaite bheag sin
mhaolaigh a ghruaim.

Nuair a bhain sé an cuas amach
chuaigh sé i bhfolach.
Chuir a chreatlach faoi cheilt
taobh thiar de stolla.

D'amharc sé amach roimhe
ar an fharraige fhairsing, fhiáin
agus chonaic sé na mná
ag snámh ina mbuíon.

Go dea-mhaiseach, go glémhaiseach,
brollaigh le gealach,
luascaigh siad agus lúbaigh siad
go grásúil, go mealltach.

Mná sciamhacha, scléipiúla.
Mná aclaí, géimiúla.

Agus d'aithin Mac Aoidh go raibh cuid eile
go neamhfhollasach
faoi uachtar an uisce
ag snámh go háthasach.

Nó ba léir dó an cúr
ag boilgearnaigh os a gcionn.
Ní raibh amhras ar bith airsean
go raibh siad ann.

Uisce faoi thalamh –
Beocht faoi thonn.

Shuigh sé ar charraig
agus stánaigh amach roimhe
agus níor airigh sé an oíche
ag imeacht uaidh.
Shuigh agus shuaimhnigh.

Nó ní fhaca sé lena shaol
a mhacasamhail san uisce.
An oiread sonais, an oiread sóláis
ná gníomhartha gaisce.

Agus mhothaigh sé an bhrí
ina chroí ag borradh.
Agus d'airigh sé an flosc
ina fhuil ag corrú.

Shil sé deora goirte
agus é ag breathnú ar na mná
nó b'air a bhí an t-uaigneas –
an t-aonarachas a bhí á chrá.
Bhí sé á bhá.

Thug deor ón tsúil
faoiseamh don chroí
riamh anall.

Agus, ansin!
Chonacthas do Mhac Aoidh
na rubaill mhíne, fhada.
Chan mná saolta a bhí iontu
ach maighdeana mara.

Athrú iomlán scéil!
D'oscail a bhéal
le hiontas.

Níor bhog Mac Aoidh
oiread agus orlach
ach d'fhan in áit na mbonn
ag coimheád go faireach.

Súil níor bhain sé
de na mná sa tsáile
nó ní fhaca sé ina bheatha
ainnireacha ní b'áille.

Ach ansin, ar mí-ámharaí an tsaoil ...

Chonaic sé rud inteacht
amach uaidh ag lonrú.
D'amharc sé go géarchúiseach
agus rinne sé a shonrú
de chraicinn róin drithleacha
caite ar charraigeacha.

Shleamhnaigh Mac Aoidh leis síos chun na háite
ar a raibh na craicinn róin uilig caite.
Dhealraigh siad faoi ghrian
mar sheodra óir.
Thuig Mac Aoidh ar an bhomaite
gur mhéadaigh a stór.

Nó i ndeireadh na dála duibhe agus na péice deirge is oth
liom a inse daoibhse, a chairde, go raibh Mac Aoidh
... ina bhómán, ina dhonán,
ina ghadaí bhradach,
ina mheatachán, ina dheamhan,
ina fhear fhuar, fhealltach.

Shín sé a lámh amach
go ndearna sé an beart,
gur sciob leis craiceann
gí gur thuig sé i gceart
gur le maighdean mhara amháin
an craiceann róin.
Gan é a bheith ina seilbh
bheadh sí ina giall ar chlár an domhain.

Agus thuig Mac Aoidh nach bpillfeadh sí
ar an Domhan faoi Thonn
gan an craiceann róin
a bheith thart ar a com.

Bíonn duine amháin i gcónaí ann.

III

UAILL NA MARA MÓIRE

I nganfhios do Mhac Aoidh
rinne sé casacht.
Chuaigh na maighdeana mara
uilig ar dásacht.
Chuaigh achan bhean acu
go hiomlán chun scaoill
nó ba léir daofa ar fad
go raibh siad i mbaol
ag suarachán slítheánta
de lucht an chine dhaonna.

Chonaic siad an dochar
a rinne an dream céanna
dá gcairde na rónta
a fágadh gonta agus leonta
leis na blianta.
Leis na cianta.

D'éirigh an caoineadh caol
agus an screadaíl.
D'éirigh an scréachaíl,
an ghéiseacht, an fheadaíl.

D'éirigh an ruathar
agus an ruaim san fharraige
agus na maighdeana mara
ag snámh i dtreo na carraige
ar a raibh a gcraicinn caite,
fite fuaite
ina gcnap.

Rug achan bhean acu
greim i dtobainne ar a brat,
tharraing uirthi féin é
gan chúram, gan slacht.

Chomh tiubh géar is a thiocfadh leo
amach leo 'na farraige
le tréan faitís
agus rachtanna feirge.

Nó bhí a fhios acu go raibh siad
ar tí a marfa nó a millte,
dá bhfaigheadh an fear seo greim orthu
go raibh siad buailte.

Ach ainnir amháin acu
a bhí fágtha gan bhrat.
Leáigh a ruball.
D'fhás cosa ina áit.

Agus mhothaigh sí a deirfiúracha
ag scairtigh ó lár an aigéin
ag impí uirthi pilleadh
chun an bhaile leofa féin.

Nó ní raibh a fhios acusan
cúis an fhátha
nár lean sí iad
ó pháirc an áir.

D'éirigh an t-olagón
agus an éagaoin bháis,
caoineadh agus gol
an uaignis, an uafáis:
uaill na maighdeana mara
ag múscailt a cairde
ag súil go gcuirfeadh siadsan
ruaig ar a naimhde.

D'éirigh leo mar a d'éirigh riamh.

Bhailigh i bpoll guairneáin.

Tógadh raic:
An pollán, an bradán,
an ruán, an scadán,
an cúramán, an carbán,
an garmachán, an plobán,
an bheathóg, an mhíoltóg,
an chuileog, an chiaróg.

Ba léir don ainnir craiceann na farraige
briste ag cloigne rónta,
iad cruinnithe ina bhfoireann
ag iarraidh a theacht ar phlean fhónta.

Mhothaigh sí buarthaí míolta móra
ar an toirt.
Shéid na deilfeanna
óir thuig siadsan an loit
a bhí i ndiaidh a bheith déanta do bhunadh s'acu.
Scranraigh bunús acu.

Baineadh macalla uaibhreach
as sléibhte, as sleasa –
caoineadh dúile fionnuisce
agus éanlaith mhara.

Chuaigh an éanlaith mhara uilig chun scaoill:
ag grágarsach, ag gogarsach,
ag scolfartach, ag scolgarnach.

D'eitil iolar fireann
os cionn na farraige go maorga
ag iarraidh í a ardú,
gan ghéilleadh dá saoirse.

Lig fiach dubh
scread bhagrach, scanraithe.
Báitheadh a ghlinnghlór
leis an anfa.

Éan an mhíthuair agus an mhíratha
ag fógairt a géibhinn go lách.

Ba iadsan a chonaic an uafaireacht.
Ba iadsan a chuala an uallfartach.

Óch! Músclaíodh na marbháin
ag an chnagadh, ag an chleatar,
an ruaille buaille,
an liútar léatar.

Ach gí go ndearna siad uilig
a seacht ndícheall
ní thiocfadh leo
an mhaighdean mhara a tharrtháil.

Ar shiúl leo.

Theith achan neach beo
a bhí i bhfoisceacht seacht míle.
Tháinig scaipeadh ar na maighdeana mara
i gciumhais na taoide.

Agus chualathas uaill rí-ard,
ghéibheannach
nuair a d'imigh
an mhaighdean mhara dheireanach
as radharc ar fad
ar dhroim na mara.

D'éirigh mórtas farraige
agus círéabacha gaoithe.
Scaoileadh saor na goltraí,
na caointí, na laoithe.

Chualathas uafás agus scéin
i nglór na seanfharraige,
í ag cur in iúl
a feirge, a mairge
i dtaobh na hainnire a tréigeadh
ar an trá fholamh, lom.

Bhris smeacharnach choscarthach ar an mhaighdean
mhara.

Chrom sí ar screadaíl
nuair nach dtiocfadh léi a thuilleadh feadaíl
na n-iasc a chluinstin ón trá.
Óch. An crá!

Agus, ní ba mheasa,
nuair ba léir di a deirfiúracha
ag snámh ar shiúl uaithi sa tsáile
tháinig creathán coirp uirthi
agus saobhas céille.
Bhí an créatúr seo beo i mearbhall tromluí.
Cad é anois a bheadh i ndán di?

IV

AN CUR I GCÉILL

Ba chuma le Mac Aoidh
ach gan a bheith leis féin.
Níor smaointigh sé ar feadh bomaite
fán bhean a bhí i bpéin.
Ar shiúl leis go ciúin
an craiceann róin faoina chóta
agus tharraing sé
go caol díreach ar an chósta.

Agus nuair ba léir dó fíoracha
na maighdean mara ag teitheadh
thuig sé gur leis an lá
agus d'fhan sé ag feitheamh
go raibh siad ar shiúl ó éisteacht
agus as radharc ón chuan.
Bheadh ainnir an fhionnfhoilt
anois aige go buan.

Seal tamaill ina dhiaidh sin,
agus ise ina luí ina caor mhire,
nochtaigh an feallaire.
Spréadh air!

Shiúil sé fhad leis an charraig
ar a raibh an créatúr ina luí
go marbhánta, go truacánta,
í go hiomlán gan bhrí.

Shleamhnaigh Mac Aoidh fhad léi
agus labhair léi go séimh.
Mhínigh sise dósan
go raibh sí tréigthe ag a treibh.

D'inis sí a scéal uilig dó.
D'éist sé go ciúin.
Ach míniú níor luaigh sé,
níor sceith sé a rún
gurbh é féin a bhí taobh thiar
den ghníomh mhaslach
a d'fhág nach bpillfeadh sí
chun an bhaile feasta.

Coir nimhneach, náireach.
Ní raibh ann ach cladhaire.

Thug Mac Aoidh cuireadh di
a ghabháil ar ais leis chun tí.
D'fhógair sé go mbeadh
fearadh na fáilte roimpi.

Agus gheall sé di an ghealach,
na réalta, an ghrian.
Agus b'éigean dithe glacadh
lena thairiscint gan srian.

Nó bhí sí ceanntarnocht, costarnocht, barrnocht
gan chiall,
gan pingin rua aici,
í go hiomlán i mbaol:
tabhartha agus tnáite,
cráite agus tráite.

Mheas sí nach raibh aici an dara rogha
ach é a leanstan fhad lena bhaile
mar chéile mná.
Cad é a thig linn a rá?

Agus ar shiúl leo mar chúpla
suas an cosán achrannach –
lánúin mhínádúrtha:
iasc agus sionnach.

Agus phós ainnir álainn, dhiamhair seo na farraige
Mac Aoidh.
Ach, mar is eol d'achan bhean fud fad an domhain
mhóir chiorclaigh:
Ní hionann fáinne agus croí.

V

LÁ I NDIAIDH LAE

Chun a cheart a thabhairt do Mhac Aoidh
bhí sé fial agus lách.
Thug an uile rud ábhartha dithe
lena mbeadh aici gá.

Bhí sé cineálta, ceannasach,
cainteach agus sonasach,
meanmnach, anamnach,
aigeanta agus mómhaireach.

Rugadh triúr de mhuirín daofa
le himeacht blianta.
Bhí seisean ar bís
a theach a bheith líonta.

Beirt níonach
agus gasúr beag, anbhann
a d'fhan le taobh a mháthara
ina pheata, ina cheanán.

Agus bhí sise ina hardbhean chéile aige –
í umhal agus urramach.
Thug aire don áitreabh
go cumasach, go cúramach.

Choinnigh sí an teach ag dul
go foighneach, deithideach –
ag sníomhadóireacht, ag fíodóireacht –
ní fhaca Mac Aoidh riamh a leithéid.

Chaith sí an oiread ama agus a thiocfadh léi
i gcuideachta a cuid páistí.
Bíodh sé grianmhar nó gaofar
nó ag cleatharnach báistí
bheadh siad amuigh faoin aer
ag spraoi lena chéile,
ag pleidhcíocht sna cuibhrinn,
ag súgradh sna méilte.

In amanna rithfeadh siad
isteach san fhéarach
ag spréadh a sciathán
mar éanlaith mhara
ag ligint orthu go raibh siad ag snámh
ar bharr na dtonn,
ag tomadh faoi na bristeacha fiáine
le fonn.
Cheolfadh siad go ragairneach
agus iad ar eiteog steallógach.

Agus luífeadh siad faoin ghealach
le linn oícheanta fada geimhridh.
Agus shuífeadh siad faoin ghrian
le linn laethanta fada samhraidh
iad ag cur ainmneacha ar na hainmhithe
agus ar na plandaí.
Chornfadh sise a cuid páistí
idir ucht agus ascallaí.

Agus nífeadh sí a n-éadan.
Agus chíorfadh sí a nduala.
Dá dtitfeadh siad, dá gcreathnódh siad
thriomódh sí a súile.

Nuair a bhí sí lena cuid páistí
bhí sí lán sonais, lán spraoi
óir bhí sí ina máthair
ina corp, ina hanam, ina croí.

Bhí suaimhneas intinne aici
nuair a bhí sí leofa.
B'shin an t-aon uair amháin
nár airigh sí gafa.

Agus ba dual do na girseacha
bheith ag útamáil sna cuibhrinn.
Bhí blas agus boladh talúna
ar a gcnámha, a gcraicinn.

Thug an mháthair
do na girseacha fad téide.
Cead a gcinn acu
agus cead raide.

A mhalairt a bhí i gceist
leis an ghasúr bheag, anbhann
lena shúile doimhne, donna
agus a fholt fionnbhán.

Ba lasadh croí dá mháthair
a chraiceann mín a shlíocadh –
gormánach an talaimh –
peata ceart, saoithiúil.

Choinnigh an mháthair
greim an phortáin ar a mac.
Ní ligfeadh as a radharc é
oiread agus slat.

Thuig an mháthair go raibh uirthi
a bheith foighneach agus cúramach,
ar an airdeall leis i gcónaí,
faichilleach agus stuama.

Thuig an mháthair ón tús
go raibh an fharraige ina chuisle
óna lámha, óna leicne,
óna luan, óna luisne.

Thuig an mháthair an lá a rugadh é
gur leis an fharraige a mac.
Thuig sí nach dtreabhfadh sé,
nach mbainfeadh sé faic.

Nó ní raibh bá dá laghad aige
leis an talamh, leis an chré.
Ábhar aighnis do Mhac Aoidh
lá i ndiaidh lae.

Mac na máthara a bhí ann
– b'fhíor sin gan amhras –
agus bhíodh ar a athair
fearg agus samhnas
nó ní raibh sé in inmhe
a phór féin a aithint.
Sa deireadh,
thug don ghasúr fuarfhéachaint.

Bhí eagla a craicinn ar an mháthair go mbeadh a
haonmhac saonta meallta ag séideadh binn na rónta agus
búirfeach míolta móra.

Agus níor mhair oiread agus bladhaire amháin grá ina
croí –
oiread agus splanc –
ní raibh aici do Mhac Aoidh.
Ní raibh inti ón chéad lá riamh
ach céile cnis is leapan.
Luigh sí achan oíche
lena thaobh ina cnapán.

D'fhan spiorad s'aici san fharraige,
chan sa domhan ghroí.
B'fhuar agus b'uaigneach
a leabaidh luí
gí go ndeachaigh sí chuige achan oíche
mar ba dhualgas di.
Cuireadh sin ina luí uirthi
ceart go leor.

VI

SCEITHEADH RÚIN

Aon oíche amháin
chuala an gasúr a mháthair ag gol
go rímhall san oíche
agus í ina suí ar a stól.
Chuaigh sé fhad léi
agus d'fhiafraigh di
cad é a thabharfadh
faoiseamh di.

Agus de bharr gur inis sí
an fhírinne dó i gcónaí
d'fhógair sí nár léise
an áit a raibh siad ina gcónaí,
nach mbeadh sí riamh ná choíche faoi shó
ar talamh,
gur airigh sí dall, bodhar
agus balbh
gan a craiceann féin,
gan a bheith san aigéan.

Thit an mháthair faoi thoirchim suain.
Óch! An faoiseamh a bhaineann le scaoileadh rúin.

Ní dhearna an gasúr dearmad ar an chomhrá.

VII

Oíche i nDiaidh Oíche

Agus chóir a bheith achan oíche eile
théadh sí fhad leis na páistí
nuair a bheadh Mac Aoidh ag cogarnaíl
nó sínte siar ag srannfaíl.

Labharfadh siad uilig go léir
go giobanta, go geabanta.
Cheolfadh siad mar chór
go binn, go healaíonta.

D'fhoghlaim an mháthair daofa
faoi dhraíocht na dtonn.
Mhúin sí achan chleas daofa
a bhí aici ina ceann.

Dónall na Gealaí,
rabhartaí is mallmhuir,
lán trá, lagtrá
in aimsir fholcmhar.

Agus d'inis sí daofa
faoi na rónta is na maighdeana mara
a shnámhfadh sa chuan
faoi réalta, faoin ghealach.

Agus go minic, ar uair an mheán oíche,
d'éireodh an glao.
'Inis scéal dúinn, a mháthair!'
Agus thoiseodh sí.

"Maireann rónta beo
ar talamh agus san uisce.
Ag lapadán leo, óch! is iadsan an dream cliste. Ní de
bhunadh an talaimh iad
ná de bhunadh na mara
ag mairstean idir dhá dhomhan
iad i gcónaí ag faire
amach do lucht na seilge a bheadh ag dul 'na ndiaidh
sa tóir
ar mhaithe lena mblonag. Cíocras óir.

An craiceann agus a luach –
santacht an tslua.

Tá cinn ar na rónta
mar a bheadh ar dhuine dhaonna.
Tá súile s'acu deartha
ar an bhealach cheannann chéanna.

Tá leigheas san ola róin
do phiantaí matán,
don phlúchadh, don mhúchadh,
don ghnáthchnaíteachán.

Agus tuigtear go coitianta
go bhfuil acu bua na cainte,
go dtig leo dul i dteagmháil
le teaghlaigh áirithe.
Cibé teanga a bheas i gceist
labharfaidh an rón í sin leis –
nó fir amháin a théann sa tóir orthu.
Fir amháin.

Agus tá nasc ag Clann Uí Chatháin leo
agus Clann Uí Chonghaile,
Clann Mhic Ruairí
agus Ó Dúda Shligigh.
Clann Mhic Mhathúna
agus Clann Uí Shé,
Clann Uí Mhurchú
agus Clann Mhic Dhuinnshléibh'.

Ag na fir amháin.

Lá a bhí ann,
chuaigh dream acu amach ag seilg,
an uile chineál airm leo
iad tintrí le fearg.

Thoisigh uisce ag sileadh
isteach san árthach –

'Ná buail go fóill
agus beidh ádh ort láithreach!' –

Sin na focail a chuala na fir
ag teacht ón fharraige.
D'airigh siad na tonnta fúthu
ag éirí corraithe,
ataithe, crapaithe,
borrtha, spalpaithe.

Thóg siad na seoltaí beaga
go bocóideach, bacóideach
i lár fhiántas na farraige
folcanta, falcanta.

Chnag Ó Murchú beithíoch a chuaigh i bhfostó
ina eangach.
Labhair an beithíoch ar ais leis ina theanga
féin – óch! an Ghaelic mhilis, bhinn,
an chanúint chraicneach, chruinn.

Agus níor aithin an bhuíon
an duine nó diabhal a bhí ann.
Níor aithin siad
an neach saolta nó osnádútha a bhí ann.
Le fearbacha ar a chraiceann
agus neascóidí ar a sciatháin,
cnapáin ar a chloigeann
agus goiríní ar a leicinn.
Fionnadh sceadach air,
féasóg sconnribeach,
soc confach,
muineál fada, gioblach.
Aghaidh ghránna,
grainc ina bheola,
ag lúbarnach leis
an fhuil ag sileadh uaidh ina slaoda.

Bhí sé chomh lúfar le heilit,
chomh láidir le leon.
Ba léir do na fir ar fad
nárbh ionann é agus rón.

Nó níor aithin siad an sceathrachán
idir a mhíofaireacht agus a ghránnacht.
Agus ní raibh siad go hiomlán cinnte
an raibh orthu mallacht nó beannacht.

Is chuaigh an fharraige ar an daoraí
i dtobainne ar an bhomaite.
Thoisigh na sealgóirí ag comhrac
in éadan roisteacha.
Scabadh na fir soir siar –
mursairí troma, torthúla,
stollairí spairneacha, storrúla.

Agus d'impigh spalpaire amháin orthu
arbh é seanóir Chlann Uí Shé
an créatúr coimhthíoch
a fhágáil ina ndiaidh.

Ach thug Ó Murchú an chluas bhodhar dó.
Tharraing leis a raibh leo.

Abhaile leo de rúid.
Isteach leo sa chlúid."

Lig an mháthair gáire mór, ard aisti
sular chrom sí ar ais ar scéaltaí.

"Anonn san oíche
d'éirigh an cambús agus an raic.
An bualadh fíochmhar ag an doras,
níor chuala Ó Murchú faic.
An chuma air go raibh sé faoi shuan
go buan ...
go mbeadh sé ag srannfaíl leis go Lá an Luain.
Bhí.

Sula ndeachaigh sé a luí
i ndiaidh dó pilleadh ar ais chun tí
nár cheangail sé an créatúr le cos an tábla.
Chuaigh a bhean i bhfolach go scanraithe sa stábla!
Agus an ceart ar fad aici!
Bhí ciall aici!

D'éirigh duine de na páistí óga –
go misniúl agus go cróga.

Agus nár iarr an phéist air
é a scaoileadh saor.
Bhagair sé, muna scaoilfeadh,
go n-íocfadh sé as go daor –
is é sin le rá go mbeadh sé fágtha gan a chraiceann.
Ghéill an gasúr agus lig an créatúr amach sa chuibhreann.

Ach ón lá sin amach
ní raibh ar Ó Murchú aon rath.
D'éirigh sprionlaithe, giodamach,
milleánach, neamhlách.

Ní raibh ina bhéal ná ina sceadamán
ach blas binbeach, searbh.
D'éirigh a sciathán crochta,
a chosa maol, marbh.

Rinneadh smionagar de chnámh a mhurnáin,
smionagar dá easnachaí.
Tháinig tochas ar a bhoidín,
gríos glas ar a mhagairlí.

Cailleadh a sheachtar mac
gan tinneas, gan chúis.
D'imigh a bhean le bean a dhearthára,
í tintrí le drúis,
i ndiaidh di coicís allasach a chaitheamh le giolcaire
ón Rúis.
Óch, b'ise a bhí bríomhar!
Bhí.

I ndeireadh na péice a bhí Ó Murchú, sin is uilig.
I ndeireadh na péice deirge.
Bhí."

Titeann cneácha ar chlanna an chlaímh.
B'shin mar a bhí an scéal riamh.

"Saol ráithe a bhí ag Ó Sé
sular shaothraigh seisean a bhás.
Nuair a cailleadh é, thuig a chomhbhádóirí
cad é a bhí taobh thiar dá chás.

Agus riamh ná choíche ina dhiaidh sin
ní dheachaigh craobh de cheachtar den dá chlann sin
sa tóir.
Níor leag siad cos i gcurach,
nó shíl siad nár chóir
aon ainmhí a mhair idir muir agus tír
a bheith curtha sa bhearna bhaoil.

An bhfuil sibh ag éisteacht liom, a pháistí?"
Bhí.

"Bhí lá eile agus an ghrian
ag spalpadh na gcloch.
D'imigh buíon chun na farraige
ar maidin mhoch.

Thóg siad na seoltaí síoda
go siúlach, suaitheanta.
Amach leo ar an fharraige –
na loingseoirí cruthanta.

Thug aghaidh ar an aibhéis mhór
go méadódh a stór.
Buíon ghrusach, ghuasach
ar fharraige fhairsing, shuaiteach.

Agus ghluais siad leo
ar na bristeacha tolgacha,
ar bharr na dtonnta
bolgacha, colgacha.

Ní dhearna siad stad mara ná mórchónaí
gur bhain siad a ceartlár amach.

Ghlinn na lanna
go tintrí sna curaigh
agus na fir ar fad
imithe ar daoraí
ar thóir feola.
Blas na fola ar a mbeola.

Thoisigh ar rabhcán muirí,
ar mhionnaí móra bagracha.
Allas goirt ag bárcadh
óna n-ascallacha, a malacha.

Agus bhí siad ansin
i gcroí-cheartlár na farraige
nuair a scinn grodtonn tharstu.
Scairt fear acu amach go feargach.

Ghríosaigh siad chun saothair.
Bhí na rónta ina láthair.

Dhírigh na fir orthu go bagartha
agus iad sa tóir.
Ach tháinig borradh ait sna tonnta
nuair a cuireadh tús leis an fhoghail.

Chuaigh an cúr coipthe ar scaoll
go callóideach, go casaoideach.
Shíl na fir ar fad
go raibh siad i mbaol a mbáite.

Amuigh ansin
i gceartlár na farraige
an bás ag comhrá leo
i gcanúint ghontach, ghairgeach.

Lig fiach dubh a sheanscairt
go garbh, gárthach,
go gubhach, go goimhiúil,
go hardghlórach.

Bhí na sealgairí i mbéal na doininne
agus na scártha
ag freastal na seacht gcomhrac
go graibhdeach, gáifeach.

Mhothaigh siad greadadh faoina gcuracha
le trombhuillí na dtonn
áit a raibh rón amháin
ag gol agus ag éagaoin.

Thug Mac Mathúna
sá amais tapaidh.

Bhrúigh a lann chruach
go cnagarnach inti –
buille trom, tréan,
tubaisteach, tachtmhar,
tugtha go neartmhar,
go slachtmhar, go rachtmhar.

Bhí fíoch agus fuath
in achan bhuille a bhuail sé.
Fiántas agus fearúlacht
ina achan sucadh a thug sé.

Bhí an iascaireacht róin
ina fhéitheacha, ina chine.
Gníomh gaile is gaisce
a bhí sa leadradh lainne.
Bhí sé ina dhúchas agus ina dháil
ón tsean-am anall.

Cad é a dhéanfadh cat ach crónán?

D'amharc Mac Mathúna
go buacach ar a chairde
ach nár ardaigh an rón
a cheann uasal in airde.

Tharraing Mac Mathúna ar a lann –
d'éirigh cath fraochta, fuilteach.
D'ardaigh gaoth ghuairneáin
ghéar, chaointeach
agus Mac Mathúna ag iarraidh breith
ar an bheithíoch san uisce dhomhain –
sháith sé duán
i gcolainn an róin.

An griogaire garbh, mallaithe!
An naoscaire náireach, nimhneach!

Agus bhí an fheoil
chomh héadrom le him bog, buí
nuair a sháith sé a lann
isteach inti.
Bhí.

Ach gí gur baineadh as an rón
creathán agus suaitheadh
níor éirigh le deargbhuille a basctha
í a phlúchadh ná a mhúchadh.

Lig uaill chonfach aisti –
osna fhada, uaigneach –
cantaireacht fhileata,
aiféalach, bhuartha.

Agus le huaill léanmhar amháin
chuir an rón forrán ar a cairde.
Nochtaigh na maighdeana mara –
ba léir do na rúscairí a naimhde.

Go tobann!

Chrom na fir ar bhéicíl,
leag na fir ar scréachaíl
i ndiaidh daofa
na maighdeana mara a fheiceáil.

Dream fiáin, feasógach.
Dream sreangshúileach, gráinneogach.

Thoisigh ag paidreoireacht in ard a ngotha.
Ansin ... Tost.
Ciúnas iomlán.

Nó d'fhógair an mhaighdean mhara
drochthairngreacht, drochthuar.
Is iomaí anáil deiridh
a glacadh san fharraige uaigneach, fhuar.

Agus líon an t-aer le ceol
is le gáirí na n-iasc.
Ag cur fáilte
roimh na maighdeana mara ina measc.

Iad ag cíoradh a gcuid gruaige
ar bharr stollaire,
bheadh fear de lucht na seilge
caillte ar farraige."

Thoisigh an mháthair ag tachtadh gáire.
D'ardaigh a glór agus í sna rachtanna mire.
Lúbaigh agus luascaigh a corp agus a colainn
agus í ag cuimilt a craicinn.

"Óch! Maighdeana mara
ag cíoradh a gcuid dual!
Sméar mhullaigh
na ndrochthuar,
a pháistí."

Luigh na páistí ina mbalbháin
gafa ag an inse scéil.
Níor chorraigh siad orlach,
níor oscail siad a mbéal.

Bhí a máthair faoi dhraíocht
ag an Domhan Faoi Thonn.
Thuig a mac go mbeadh uirthi
pilleadh ann ...
luath nó mall.

"Bhal, bhí an churach, an soitheach,
ag sciurdadh go haigeanta
sna roisteacha aniar
agus an fhearthainn ag léidearnach.

Bhuail eagla agus crith iad.
Bhuail alltacht agus uamhan iad.

Ba leor nod don eolach.
Dhírigh siad ar an chladach.
Aistear cúng, achrannach
ar an fharraige chnapánach.

Tharraing go fíochmhar
ar na maidí rámha,
loingseoirí nach raibh eatarthu
aon bhang snámha.

Ag tairseach an anbháis,
ag doras na huaighe,
níor ghéill siad riamh,
bladhmairí láidre, cruaidhe
na farraige coipthe.
Iad briste, stróicthe.

Scuabtha ag tonnta,
sciúrtha ag síon.
Lean siad orthu
ag iomramh go righin.
Eanglach ina méara.
Barr liobair ar a ladhra.

D'éirigh an fharraige
go corrach, callánach.
D'ardaigh na tonnta
go callóideach, casaoideach.

Na fir sa churach
ag bárcadh allais ag allagar.
I ndiaidh daofa an caladh a bhaint amach
bhris an churach ina smionagar.

Rinneadh dithe cipíní –
na mílte smidiríní.

Choinnigh Mac Mathúna greim docht, daingean
ar an luiseag duáin.
Greim an fhir bháite
i mbéal an chuain.

Bhí sé mar chrú capaill aige,
mar chrosóg Bhríde
a d'iompair slán é
ón drochíde.

Agus ní raibh a fhios acu cad é an dóigh
ar bhain siad amach béal an chuain.
Nó leis an scarthanach dhearg
mhúscail siad óna suan
ar an ghaineamh bhán.
Bhí siad i ndiaidh a theacht slán.

Agus dúradh gurbh í an Mhaighdean Mhuire
a sheol iad chun talúna
agus iad ar snámh ar éigean
ag iarraidh trócaire nó a dtarrthála
agus iad ag roiseadh a n-eachtra sna guairneáin
chaointeacha
fríd na bristeacha.

D'éirigh na fir agus thug aghaidh aniar ar an chósta
ag iarmhaireacht leo go lag, go hocrach,
a gcraiceann pollta, stiallta ar a gcnámha,
shiúil leo ina dtámha.

Agus na fir a bhí anois scriosta, sladaithe
ba iad na gadaithe, na bradaithe
i mbun gnímh lofa.
Ná bíodh trua ar bith agaibh daofa.

Agus thrampáil siad go malltriallach
go teach ina raibh solas lasta.
Agus chonaic radharc
nach ndéanfadh siad dearmad air feasta.
Bhí fear ina luí go truacánta
ag geonaíl óna shrón
san áit ar sáitheadh
an lann isteach sa rón.

É ina luí ar an urlár
i mbéal a bháis
créacht iomlán foscailte
ag sileadh go fras.

Ach seo an rud …

Níor aithin na fir é.
Ní fhaca siad riamh é.
Cuireadh forrán ar bhean ghlúine.
Tháinig sí ar an toirt.
Baineadh an anáil siar aisti
nuair a chonaic sí an loit
inar ropadh saighead,
tua nó lann.
D'fhógair sí gur míorúilt a bhí ann
gur mhair sé slán.

Chrom sí os cionn
chorp créachta an iascaire
agus é ag lúbarnaíl ar an talamh
mar a bheadh péist bhaoiteála.

Lig sé trí ghloim as a chluinfeá sa Domhan Thoir!
Lig.

Tháinig leathadh ina shúile.
Thriomaigh a chuid beola.
Agus mar a shruthaigh an fhuil as
bhí boladh bréan feola.

Níodh an chréacht,
cuireadh léi ceirín.
Réitíodh uisce beatha te,
tugadh dó súimín.

Chrom sise ar orthaí.
Chloígh seisean le guí.

Thug an bhean ghlúine aire mhaith
don tsealgaire ghonta go cneasta.
Ach d'iarr air faoina hanáil
gan dul sa tóir go deo feasta.

Ón lá sin amach
bhí Mac Mathúna go hiomlán balbh,
sínte ar fhleasc a dhroma,
é ina iasc ar talamh.

Neart na ngéag
agus lúth na gcnámh caillte,
é chomh geal agus chomh díomhaoin
le faoitín saillte.

Léaspáin ar a shúile,
blas na sáile ina sceadamán.
Gan aige mar chuideachta
ach cat dubh, caol, seang.

Níor thug sé aghaidh ar farraige
riamh ina dhiaidh sin.
Chaith an chuid eile dá shaol
ag scoilteadh na néalta os a chionn.

Bodach mór na háite –
ba eisean, tráth, an branán –
fágtha sa chlúid
ina dhrománach gan anam.

Ba bheag an mhaith a ghaisteacht.
Ba bheag an mhaith a neart.
Ba bheag an mhaith a shaibhreas
i ndiaidh na mbeart.

Fágadh mac s'aige chomh maith céanna
ina ghallán chráite,
ina bhlagadán scanraithe,
liath agus meaite,
ar mhaolchluais,
ar bheagán luais.

Fágadh é gan focal ina phluc
ón lá a sháith sé a shrón
is a shoc
i saol agus i gcraiceann an róin.

I ndiaidh na heachtra sin
níor cluineadh é ag maíomh
as a mhórmhaitheasaí ar farraige
ná aon ghníomh
gaile agus gaisce
a bhí déanta aige san uisce.
Shaothraigh sé bás intinne antráthach
i seomra fuar, feannta.
Shaothraigh."

Bhíodh na cailíní i gcruth a dtachta
leis na gáirí
ag éisteacht lena máthair
agus drámaíocht a cuid scéaltaí.

D'fhanfadh an somachán ina thost
go hiomlán faoi dhraíocht
é tachtaithe le píochán,
ag éisteacht le saíocht.

VIII

AR IMEALL TAIRSÍ

Gí gur mháthair shaolta, dhomhanda í
níor thréig sí an fharraige riamh.
An uile dheis a bhí aici
thriall sí lena taobh.

Bhí an fharraige fiáin
agus bhí sí fealltach.
Bhí sí díochra, cíocrach,
ar achan bhealach mealltach.

Agus mheall an fharraige luaineach ise,
an créatúr ceart, críochnaithe,
agus í díbeartha, díogarnach,
díothachtach, díshealbhaithe.

Agus shiúil sí an uile mhaidin
ar na cuasanna ar imeall cuain
ag aithrís scéaltaí,
ag ceol go ciúin.

Chaith mórán ama
ag clagarnach léi ar shliogáin,
ag spágadaíl go rithimeach
ar dhiúilicíní, ar ruacain.

Bhí sí i ngéibheann sa teach:
fíolta, fálta, fuirsithe,
chomh mánla le haingeal
ach í spadánta, múisiamach.

Ag ligint uirthi os comhair na bpáistí
go raibh an uile rud i gceart
ach bhí sí i ndeireadh na péice
idir bhriathar agus bheart.

Agus shíl sí in amanna
go raibh uirthi mám agus gad.
Chreid sí go raibh sí
ina geimhleach ar fad.

Nó bhí sí trochailte, traochta,
scriosta ina ceann,
ar shiúl óna dúchas,
ar shiúl óna clann.

Agus bhí laethanta ann
nuair a shnoífí a gnúis,
thiocfadh ceo ar a céadfaí
agus ba léir di féin an chúis.

Agus bhí laethanta ann
nuair ar éigean a tharraing sí anáil
leis an phian ina croí
agus í ag deoraíl.

Agus bhí laethanta ann
nuair a chaillfeadh sí a stuaim agus a ciall,
gur airigh sí gur i bpríosún a bhí sí,
gur fágadh í ina giall.

Agus bhí laethanta ann
nuair a chaillfeadh sí suim sa tsaol.
Le drochghníomh amháin
cuireadh uirthi ceangal na gcúig caol.

Bhí laethanta mar sin ann.
Bhí.

Agus chaith sí laethanta áirithe
go dúthrachtach ag guí
go dtiocfadh an lá
nuair a scaoilfí saor í.

D'impigh sí ar ghrian
agus d'impigh sí ar ghealach
a brat a nochtadh di
go rachadh sí chun an bhaile.

An craiceann a shlánódh í,
an craiceann a scaoilfeadh saor í.
Idir an dá linn,
mhairfeadh sí.

Nó thuig sí go mbeadh a cuid páistí
thíos leis dá ngéillfeadh sí
agus bhí sí muiníneach
go dtiocfadh an t-am nuair a phillfeadh sí.

Agus chosain sí í féin
chan le saighead ná le claíomh
ach ina hintinn ag cantaireacht
agus í ag maíomh
go bpillfeadh sí ar an áit
ar mhian léi mairstean.
Tharlódh sé.
Bhí sí in inmhe sin a bhraistint.

B'shin a thóg a croí.
B'shin a choinnigh ag dul í.

Bhí a fhios aici féin
ar ais nó ar éigean
go léimfeadh, go bpreabfadh sí
faoi thonnta an aigéin.

Shiortaigh sí an scéal go mion
lá i ndiaidh lae,
ach níor éirigh léi riamh
an cás a bhaint as aimhréidh
fán dóigh ar chaill sí súil ar a brat
nuair nach raibh duine ná deoraí thart.

Níor rith sé léi choíche
gurbh é Mac Aoidh a ghoid a craiceann.
Dá mba rud é go rithfeadh
bheadh scéal eile ar fad ann.

Níor rith sé léi choíche
go ndéanfadh duine gníomh
a sciobfadh, a ghoidfeadh
an bláth ón chraobh.

Shíl Mac Aoidh go raibh air
achan ádh agus rath.
Fágadh ise
ina féileacán gan bhláth.

Ach tig an fhírinne chun solais
luath nó mall.   .
Ó thús ama
ar an fheallaire phill an feall.

IX

BRILLE BHREAILLE BAN!

Bheadh sí grásúil, gleoite
le linn ócáide,
gealgháireach, geanúil
i lúb na cuideachta.
Banúil agus báúil,
moiglí agus modhúil.

D'fhógair cogar mogar pobail
go raibh sí feidhmiúil agus seiftiúil.
D'fhógair canrán agus ciarsán
go raibh sí críonna agus difriúil
lena craiceann bog, bán
chomh geal leis an chúr
a mhair ar chraiceann an uisce
ar a raibh a súil
i rith an ama.
Tugadh sin faoi deara.

Imrisc mhóra, dhonna
mar a bheadh súile róin.
Ní raibh a leithéid le feiceáil
ar dhroimchlár an domhain.

Ní raibh luí aicise
riamh leis an tslua.
B'fhearr léi ina haonar –
b'shin a bua.
Cheap a cúram féin
gan aon chomhairle leasa.
D'éist le fuaim na farraige
agus glór an easa.

Ach, mar a bhíonn, bhí mná in amhras fúithi.
Mhéadaigh giob geab an daoscair
agus iad ar thóir na cúlchainte
go cíocrach, go craosmhar.

Sheas sí chun tosaigh
de bharr go raibh sí scéimhiúil.
Bhí sí dóighiúil, dathúil,
banúil, éagsúil.

Glaisneog mná
lena cuma shuaithinseach,
a dreach draíochtúil,
saoithiúil, taibhseach.

Agus dúradh i gcogar
nach bean den chine daonna í,
gur tráigheadh chun cuain
le hiomlán gealaí í.

Leathnaigh an scéal
i bhfad agus i gcéin.
Cuireadh ceisteanna
go tiubh agus go tréan
faoin bhean a saolaíodh
san aigéan ...
Óch, b'shin a dúradh.

Agus dúirt siad nach raibh inti
an lá a thuirling sí ach doilfeoir
a chuir fíor-dhrochbhail
ar sheanbhaitsileoir.

Ba leor sin ann féin
do chancráin na castóireachta,
do shuaracháin na strambánachta,
do bhéadánaithe na bearrthóireachta.

An fear bocht nach bhfaca ag teacht í. An fear nach
ndearna lá dochair d'aon duine riamh. Óch! Sháith sí na
crúba ann agus níor scaoil sí leis, an gliomach.

Agus bhí scríobógaí sílteacha ann
a dúirt go raibh sí balbh.
Sceanadóirí gairmiúla
a dúirt nach raibh inti ach dealbh.

Ach ar ndóigh ...

Ní thiocfadh leo le fírinne
drochfhocal a rá ina coinne
nó fána stair nó cúlra saoil
ní raibh acu aon ruainne.

Agus de bharr nach raibh acu
fréamh ghaoil ná ghinealaigh
ní raibh san iomlán
ach baothchaint agus ráflaí!

Thig le mná
a bheith géar agus crua
faoi mhná a sheasann chun tosaigh
i measc an tslua.

Óch! An ghlagaireacht.
Óch! An gheabaireacht!

Bhí siad go haltanna a gcos sa chlábar
leis an ghiobar geabar.
Na lúdráin bhaothánta!
Na sleabhcáin chúlmánta!

Dream clannmhar, craobhach
mná na mara.

D'fhág sise iad faoi chiúnas diamhair ceo
fhad is go raibh sí beo
ina measc.

X

CÁR CUIREADH AN CRAICEANN?

Bhí an craiceann i dtólamh
faoi cheilt is faoi chumhdach.
Gí go mbogadh Mac Aoidh thart é
bhí sé i gcónaí i bhfolach.

In amanna sa bhóitheach,
in amanna sa díon tí,
in amanna sa scioból,
in amanna sna creatlaigh.

Ar deireadh chuir sé an craiceann
i mbolg coca féir.
Ní thiocfadh an dara duine air
áit ar bith faoin spéir.

Nó thuig Mac Aoidh go maith
dá dtiocfadh a bheansan ar an chraiceann
go n-imeodh sí léi
béal a cinn.

XI

BÍONN A LÁ FÉIN AG ACHAN MHADADH SRÁIDE

Cheol sí amhrán na rónta,
duan caithréime na scadán,
na murlas, na ndeargóg,
na mbreac agus na mbradán.

Agus d'impigh sí ar na héanacha
agus ar an domhan trí chéile
í a tharrtháil, í a shábháil,
í a iompar chun an bhaile.

"A Chú Mhóir an Domhain Thoir, cá bhfuil tú uaim anois?
A Sheabhaic Dhoinn Dhorcha, cá bhfuil tú uaim anois?
A Dhobharchú Ghlais Domhain, cá bhfuil tú uaim anois?
A Spideog an Bháis, cá bhfuil tú uaim?
A Bhradán Easa Rua!
A Each na gCruach!
A Mhaighdean an tSlua!
Cá bhfuil sibh uaim anois?
An bhfuil sibh uilig i ndiaidh mé a thréigint?
An í seo mo chinniúint?"

D'impigh sí ar an uile rud
agus scairt sí óna croí
ag súil go gcluinfeadh neach inteacht
nó rud inteacht a guí
go dtiocfadh sí ar a brat,
an craiceann róin
a bhéarfadh chun an bhaile í,
a ruaigfeadh an brón
a mhair ina luí uirthi go síoraí seasta.
Shíl sí nach ndéanfadh sí aon gháire feasta
nuair nach dtiocfadh léi
a bheith dílis dithe féin.

Ghuigh sí go dúthrachtach
agus go diaganta
go dtiocfadh rud inteacht – rud ar bith ar chlár
an domhain –
a d'éistfeadh lena mianta,
a bhronnfadh uirthi cead a cos agus a cinn,
a bhronnfadh ar ais uirthi a craiceann.

Agus an fhuil ag tuile
go fíochmhar fríd a féitheacha
bhí eagla uirthi
go raibh dearmad déanta uirthi ag na bandéithe.

Ach i nganfhios dithe
bhí na hainmhithe ag éisteacht.
Níor nochtaigh siad riamh,
chuir a muinín sa phúcaíocht.

Rinne siad a gcomhairle
agus tharraing siad le chéile
go bhfeicfeadh siad an dtiocfadh leo
a theacht ar réiteach
a mhaolódh a fulaingt,
a bhronnfadh uirthi áthas.
Nó thuig siad, gan sin,
nach raibh i ndán don mháthair ach bás.

Thug na seanóirí a mbreithiúnas.
Ní raibh casadh, lúb ná luascadh ina mbreithiúnas:

Gí gur aontaigh siad ar fad
gur ar an mháthair a rinneadh éagóir,
bheadh uirthi fanacht in áit na mbonn
go dtí go mbeadh an gasúr ab óige ina dhéagóir.

Cad é a thig linn a rá? Ach, mar a luaigh mé cheana ...

Athraíonn an taoide
idir oíche agus maidin,
beagán ar bheagán
faoi mar a d'ith an cat an scadán.

Tháinig an uain ...

Lá bhí an gasúr
ag déanamh siamsa faoin spéir
ba léir dó a athair
ag útamáil i gcoca féir.

Chonaic sé an brat gléineach
agus rinne a shonrú.
Chuir a lámh lena bhaithis
ag scáthú a shúl ón lonrú.

Tháinig léaspáin ar a shúile
ag gléireán an chraicinn
agus thuig sé ar an bhomaite bheag
cad chuige go raibh a mháthair i sáinn.

Ba chuimhin leis an oíche
a tháinig sé uirthi agus í ag gol
nuair a d'inis sí a scéal dó
agus í cromtha ar a stól.

Stad agus smaointigh.

Ba ghéarchúiseach an gasúr,
níor luaigh focal leis an athair.
Thug rúid chun tí leis láithreach
agus d'inis dá mháthair
faoin dealradh a chonaic sé,
faoin draíocht a mhothaigh sé,
faoin diamhaireacht a d'airigh sé,
faoin tsolas a bhog é,
faoin ghrá a thug air
inse dithe faoi.

Thuig seisean go lom, beacht, baileach
gurbh é smál agus peaca a athara
ba chúis le brón agus deora goirte
a mháthara.

Ní bhíonn agus níl páistí bómánta.

I ngnúis na máthara
tháinig spréachadh lúcháire.
Thuig sí go prap
go raibh bealach éalaithe roimpi.

Cuireadh brat s'aici i bhfolach
i gcoca féir sa chuibhreann.
Rachadh sí fhad leis sa dorchadas
go n-aimseodh sí a craiceann.

An oíche sin agus Mac Aoidh
ina chnap codlata ag srannfaíl
faoi sholas ghealghorm
réalta agus gealaí,
d'fhág sí an teach,
d'imigh an cosán.
Caite siar ar a guaille
bhí ráca agus corrán.

Ach, is oth liom a rá, a chairde …
D'fhág sí gan slán a fhágáil
ag a cuid páistí.
D'fhág sí gan amharc siar
orthu siúd a ghin sí.
Bheadh sé sin i bhfad ródhian uirthi.
Theith sí.

Theith sí go géarthruslógach
ar oíche ribeach, réaltógach.

Theith sí ar nós coirpigh
nuair nach raibh cluas chun í a chloisteáil.
D'éalaigh sí ar nós gadaí
nuair nach raibh súil chun í a fheiceáil.

D'imigh go tostach.
Bhailigh léi le dithneas.
Lán dóchais.
Iomlán imris.

Rith go meidhreach,
go héadrom, go deifreach,
thar an chlaíochán,
fríd pháirceanna úrthreafa.

Sciorr sí go scuabtha
thar arda, fríd fhéarach.
Scipeáil sí go haerach
thar scailpeacha géara.

Agus nuair a tháinig sí chomh fada leis an choca féir ...

Scuab sí, shiortaigh sí,
scaip sí agus réab sí.
Stróic sí, loit sí,
rúisc sí agus leag sí.

Tháinig ar an bhrat
fuaite i bhfolach sa choca.
Shnaidhm lena corp é
i dtaisce faoina cóta.
É cruptha, craptha,
chóir a bheith seargtha.

Bhí aici ina seilbh anois
culaith chomhraic agus chatha.
Den chéad uair le fada
lig sí draothadh ceart gáire.

Ní raibh sí riamh roimhe sin
ag iarraidh Mac Aoidh a lochtú
ach ba léir di anois
an fhírinne ag nochtadh.

Nó nuair a leag sí súil sa dorchadas
ar an chraiceann róin gheal
thuig sí ar an bhomaite
gurbh eisean a rinne an feall.

Tháinig loinnir feirge
ag spréacharnaigh ina súile.
Chrith sí idir chabhail is chosa,
í iomlán fuaite.

Bhí sé mar bhuille scoir,
chuir le huafás a scéil –
an fear a tharrtháil í,
ní raibh ann ach cur i gcéill.

I ndeireadh na dála
bhí ann fuadach fíochmhar
ag sainteoir, ag bréantóir,
ag gadaí míofar.

Dhubhaigh sí agus ghormaigh sí.
Bhánaigh sí agus dheargaigh sí.

Nó níor chuir sé in iúl dithe riamh
cloíteacht ná táire.
Níor léirigh léi
aiféaltas ná luisne náire.

A leithéid de choir mhíbháúil, mhaslaithe!
Óch! Ciapaire tarcaisneach
an bhéil bhinn, bhréagaigh,
an chroí chruaidh, chancraigh.

Idir chroí, cheann agus sceadamán
thriail sé í a mharú.

Agus is beag nár éirigh leis, a chairde.
Fóbair gur éirigh leis, a chlann.

Chaith sí an craiceann
thart ar a gualainn.
Tharraing an cochall
anuas ar a ceann.
Cheangail le snaidhm é
timpeall ar a com.
Agus sciorr go géar, gasta
i dtreo dhordán na dtonn.

Rith sí chomh tiubh agus a thiocfadh léi
ag tarraingt ar an chuan.
Ba chuma léi
dá mbeadh a fhios ag an tsaol Fódlach faoina rún.

Scaoil a folt fada, fionn
faoina cochall cinn
agus í ag rúisceadh
thar riasc, thar leaca, thar chaoráin.

Rith sí agus léim sí
go dúdheifreach, dásachtach
ag pilleadh ar a dúchas
ar bharr a gastachta.

XII

PILLEADH AN TSIONNAIGH

Ach i nganfhios don mháthair nár mhúscail mac s'aici
agus lean í.

Bhain an gasúr amach ina diaidh
ina rúid rua reatha.
Bhí ann dósan
ábhar fiosraithe agus fiafraithe
a mháthair a fheiceáil stiúrtha
faoi stealltarnach fearthainne
ag uair an mheán oíche
i dtreo na farraige.

Agus nuair a bhain an cuan amach –
Stad agus stánaigh.

Chonacthas dó a mháthair
leis an fharraige ag stangaireacht.
Chonacthas dó a mháthair
leis na rabhartaí ag mangaireacht.

Gan a thuilleadh moille
léim sí isteach sa tsáile.
Scar sí leis an talamh
agus ba léir dá mac a scáile
órbhuí ar bhrollach na mara glasuaithne
ag snámh
agus ag snámh.

Agus chonaic sé nár shearg na blianta
an dúil a bhí aici
san fharraige fhraochta,
sna tonnta tréana, sna rabhartaí.

Soirshnámh, siarshnámh,
suas-snámh, síos-snámh,
droimshnámh agus builleshnámh
agus,
ar deireadh thiar,
í ina támh.

Rug roisteacha na farraige móire greim docht daingean
uirthi.
D'imigh an cuan amach.

Gabhann bó le bólacht.

Rith an gasúr é féin
síos chun na trá.
Theilg a chorp isteach sa chúr
ach thoisigh á bhá.

Lig as a sheanbhéic,
shín amach a lámh.
Ach, mar is eol dúinn uilig go léir:
Níl gaol is gaire ná gaol na gcnámh.

In obainne d'éirigh rón,
chaith siar an gasúr ar a droim.
Ní bheadh cead a chinn aigesean
dul chuig an Domhan Faoi Thonn.
Gí go mba leis an fharraige
a chroí, a rosc,
ba leis an talamh
a chnámha, a chorp.

Fágadh an gasúr ar ais ina sheasamh ar an trá.
Chreid sé gurbh fhearr leis féin a bhá.

XIII

AN CHÓISIR SA MHUIR

Agus chomh cinnte is atá ionga ar bhun d'ordóige,
chomh cinnte is atá imleacán i gcroí do mharóige,
chomh cinnte is atá cúr bán ar cheann do phionta
agus gurbh fhearr an ghloine chéanna a bheith líonta ...

Bhí an fharraige lán d'uaisle
agus de thaoisigh clainne
agus bhúir agus shéid siad –
Óch! an bhfuil aon fhuaim níos binne?!

Bhí na rónta ansin
lena súile móra, solasmhara.
Na bric ag glioscarnach
faoina gcraicinn bhláfara.

An cuan ramhar le bradáin
ag plobarnach go buacach
ag dréim go mór
le hoíche seirce agus suairce.

An tsleamhnóg, an chadóg,
an mhuirleog, an gharbhóg,
an phollóg, an ghliomóg,
– iad uilig i mbun ceadaíl cheart chríochnaithe
chun fáilte chun an bhaile a thabhairt dá gcailín
muinteartha.

Shleamhnaigh na gráinneogaí farraige
leofa sa ghaineamh.
D'éirigh na ruacain as
a bheith ag treabhadh.
Ghlan an pilibín a sceadamán
agus thoisigh ag feadaíl,
le Diarmaidín Riabhach,
agus le Donncha an Chaipín,
le Síle na bPortach,
le Siobháinín an Bhóthair.
Bhí siad sin ar fad ann
agus Brian Giolcaí.
Agus go fonnmhar i mbun a thionlacain áirithe féin
bhí grágarlach an phréacháin.

Sheol an t-iolar fireann go hard,
é uasal agus diamhair.
Na faoileogaí faoina bhun
go mánla, bríomhar
faoina gcinn thanaí, dhonna
agus a sciatháin bhána, bhoga.
Éanlaith ardaigeanta,
go croíúil, dolba.

Ba cheolmhar iad na fáinleogaí.
Ba chaithréimeach iad na fuiseogaí.
Ba bhinn iad na druideogaí,
na spideogaí, na buíógaí.

Gealbhain ghlasa
ag scoilteadh an aeir,
ag seinm go gleoiréiseach,
go láidir sa spéir.

Na géanna fiáine i ndiaidh pilleadh
ar ais ó bheith thar lear.
Ghluais seabhac ruaruballach
ar eiteog go mear.
Sciorr meantán croiméalach
amach as craobh.
Sheol péire crotach
i ndeas dá thaobh
a ngobanna fada, dorcha, cromtha
i dtreo an talaimh go hómósach.

Cheol an chearc fhraoigh
agus cromán na gcearc
go héirimiúil, go cumasach,
iad go hiomlán as radharc.
An rud is annamh is iontaí!

D'ardaigh gabhar fiáin
a shoc féasógach.
Lúbaigh láir liath
a ceann réaltógach.

Thóg patachán óg
a ghaosán geancach.
Chlaonaigh giorria
a smigead cearnach.

Brobhannaí agus sifíní cocháin
ag luascadh.
Luachra agus féar fada rua
ag damhsa.

An chailleach dhearg agus an caisearbhán,
lus na tine agus an cuirdín bán –
ag síneadh a gcinn in airde don bhean
a tháinig slán.

Lean na cuileogaí orthu ag crónán.
Lean na beathógaí orthu ag dordán.
Lean an criogar féir ag píobaireacht
's é ag longadán san fheorainn
ag fógairt don tslua
go bhfuair neach s'acu féin an bua
ar neach den chine daonna.

Agus ar imeall na trá ...

Bhailigh na maighdeana mara
le chéile ina bhfoireann
chun a ndeirfiúr a iompar 'na bhaile
faoi ghealach an chorráin.

Ach sular imigh siad ...

Thóg coiscéim chaithréimeach
damhsa leis na dúile
le buíochas a ghabháil leo
as a gcomhcheiliúradh.

Agus dhamhsaigh go suáilceach,
go ramsach, go pramsach.
Thóg rince meidhreach,
buaiteach, rancásach
in ómós dá ndeirfiúr a d'imigh
agus an pilleadh
míorúilteach.

Thóg ceoltaí sonais
chun í a fháiltiú.
Thóg laoithe maoithneacha
chun í a cheansú.
I ndiaidh an ghnímh donais
a rinneadh uirthi
ba dhuine acu fein í.

Níor cheil na maighdeana mara riamh ná choíche a ngrá
dá ndeirfiúr ná ní dhearna siad dearmad uirthi. Ach ní
thiocfadh leo cuidiú léi ar an lá fhuar, fheanntach earraigh
udaí nuair a goideadh a craiceann. Nó, bíodh gur
goideadh an craiceann – agus seo rud saoithiúil, a chairde
– shocraigh siadsan gurbh ise a bhain a brat féin óna corp
féin agus gurbh ise a d'fhág uaithi féin ar an charraig é.
B'uirthi féin an locht. B'shin a mheas na maighdeana mara.
B'shin breithiúnas na mban.

I gcás ar bith ...

D'aithin sí gairm chaoin a máthara
agus a teaghlaigh.
Níor fhág glór s'acu riamh
cluasa ná cuimhne s'aici.
Mhothaigh sí sciatháin ar dhath an airgid
thart ar a com
ag glioscarnach faoin ghealach,
ar bharr na dtonn
breactha le réalta
agus sramtha le cúr.
D'airigh sí faoi shó
san fharraige cháite, fhuar.

Rug na tonnta in athuair uirthi.
Shnámh sí.
Óch! Ba ise a shnámh!

Mhair lasadh ina súile.
Tháinig biseach ar a croí.
Bhí fuinneamh sna cnámha aici.
Shnámh sí.
Agus faoin chraiceann, faoin chraiceann, faoin chraiceann
róin.
Leáigh a brón.

I ndeireadh na dála
b'aicise an bua.
San adhmad is boige
bíonn na faochain is crua.

Ach go tobann …

Phléasc creathán toirní!
Phlab splancáin tintrí!
Shíob an ghaoth
cruacha móra farraige roimpi.

Tháinig dreach garbh, confach
ar chraiceann na mara.
Dhruid an spéir
anuas ar an talamh.

Ceo brothaill fud fad
na farraige ó dheas.
Tháinig scaipeadh ar na héanacha,
ar na feithidí go pras.

Tháinig dreach nimhneach, cadránta
ar an mhuir.
Scaipeadh soithí farraige
siar agus soir.
An fharraige á leadradh
agus á spréachadh,
garbhshíon osnádúrtha oíche
á ruaigeadh.

D'éirigh na tonnta go raibh airde Fhinn Mhic Cumhaill
iontu.
Chlag na bristeacha go raibh neart Ghoill Mhic Mhórna
iontu.
Bholg na roisteacha go raibh fórsa Mhanannáin iontu.

Agus bhí Dónall na Gealaí
ag scoilteadh a chroí leis na gáirí.
B'eisean an boc a d'eagraigh
rialú na dtaoidí.
Agus é ina shuí ar a choróin
i ngealach an chorráin.

Agus nuair ba léir go raibh an mhaighdean mhara ar
shiúl
thit an ghaoth ar gcúl.
Ba é Dónall a tharraing ar na bristeacha agus na
rabhartaí
a theacht chun na trá ionas go n-éalódh sí,
go mbeadh sí cornaithe fán bhaile
dá gcuirfí scairt ar bhád tarrthála.

Seal ciúnais, seal feithimh.
Fágadh feamainn agus sliogáin ina smionagar ar an trá.

XIV

AN FEALLAIRE BRADACH, BRÉAGACH

I lár na hoíche
nuair a mhúscail an fear
thuig sé i gceart
go raibh rud inteacht cearr.

D'éirigh ar an toirt,
chaith air a cheirteach.
Amach leis ón teach
agus rith go tiubh, te, gasta
i dtreo an choca féir
inar cheil sé an brat.
Nuair a bhain sé an pháirc amach
chonaic sé an slad –
brus féir scaipthe, scaoilte
imithe ar bharr na gaoithe.

Chrom sé ar sceimhle
agus é ar bharr amháin feirge.

Thriail sé a theacht
ar an chraiceann triomaithe
a bhí curtha i bhfolach aige
go fíorchúramach.

D'amharc sé go dúthrachtach.
D'amharc sé go dian.
Ach den bhrat róin
ní raibh aon rian.

Scaip scamall ceobhráin
fud fad an chuibhrinn.
Bhí bean s'aige imithe
béal a cinn.

Gháir sé agus ghoil sé,
scairt na briathra buile.
Thug ruathar ar an chósta
gan a thuilleadh moille.

Rith go tuisleach
ag scairtigh, ag liúireach.
Bhí sé ar mire, mar chaor thineadh,
imeaglach agus buartha.

Chuir scaipeadh ar na caoirigh
le gaisteacht a fhuadair.
D'fhreagair an reithe
le méid a fhlústair.

Cosa in airde
ar chuma na geilte.
Thuig sé go raibh a smacht
ar bhean s'aige meilte.

Tháinig tocht análach air,
racht a thachta
ag smaointeamh ar a bheansan
i ndiaidh a himeachta.

Agus nuair a bhain seisean an cósta amach:
Stad agus stánaigh.

Sheas sé ar bhruach na mara
go tostach.
Dhamnaigh sé agus cháinigh sé
a bheansan go crosta.
Ní raibh a dhath ag déanamh buairimh dó
ach cad é a dhéanfadh sé feasta.
Bheadh sé go hiomlán leis féin arís –
uaigneach agus céasta.

Ní raibh aige ach mearchuimhne
ar an tsaol a bhíodh aige
sular mheall sé, mar a dúirt sé féin,
an mhaighdean mhara chuige.

Níor rith leis nach raibh ann
ach socrú sealadach,
conradh neamhbhuan
i ndiaidh dó í a fhuadach.

Fear i riocht a íobartha,
slíodóir scanraithe.

Le fionnadh na feirge ar a chuntanós
chuaigh sé ar tormas.

Ach bhí sé rómhall an iarraidh seo
bhí sí ar shiúl léi sa cheo.
Bhí a fhios aige
nach mbeadh sí ar ais aige go deo.

Thuig Mac Aoidh
go raibh a bheansan ar shiúl thar bóchna
ón áit ar fuadaíodh í –
coir a chrochta.

Ní raibh sé cleachtaithe ná ní raibh coinne aige
le diúltú ná le dímheas.
Níor smaointigh sé riamh
go mbéarfadh sise greim ar dheimheas.

Ach, an rud a thig leis an ghaoth
imíonn leis an tsruth.
Ní thig an t-úll a chur ar ais ar an chrann.

XV

AN COGAR MOGAR – LÁ I NDIAIDH AN AONAIGH

Nuair a chuala mná an pharóiste
ceiliúradh an bháite
bhí a fhios acu go mbeadh teaghlach fágtha
cumhach, cráite.

"Beidh a cuid féin ag an fharraige" –
b'shin mana pobal mara.
Tá an fharraige santach,
tá sí sin agus fealltach.

Agus an mhaidin dár gcionn,
i ndiaidh na doininne aistí
a tharraing ár gcara beag,
Dónall na Gealaí …
Scaip scéal scéil
le leoithne ghaoithe.
Bhí bean óg, fhionn
imithe le taoide.

Agus mar a rinne agus mar a dhéantar in am an
ghátair
bhailigh bunadh an cheantair.

Mná leathantónacha
ag scairteach agus ag scolgarnach.
Seanbhodaigh roicneacha
go creathánach ag cogarnach.

Agus go tobann ...

D'éirigh fothram agus fústar.
D'éirigh callán agus flústar.
D'éirigh an tromgháir agus an gleo
nuair a chualathas gur *rith* an mháthair i dtreo
na farraige.
Chan amháin gur rith sí,
theith sí.

D'éirigh caoineadh agus olagón
agus buairt na mban
gur thréig máthair óg
a clann.

Chuaigh an scéal go smior na gcnámh i gcuid acu.
Óch! Dá mbeadh a fhios acu!

Grabhrógaí beaga eolais ó bhéal go béal.

Seo mar a chuaigh an scéal:

I ndiaidh di léimt isteach san fharraige
d'éirigh tonnta go trom, tolgach
ag titim thar mhullach a chéile
go bóisceálach, bolgach.

Agus le dearglach na maidine
tháinig suaimhneas ar an drochuain.
Bhí an fharraige ina clár –
í síochánta agus ciúin.

B'in a dúradh.

Agus ní raibh duine ag an chaladh
ón duine liath go dtí an tachrán
nár smaointigh nach mbeadh ann
ach earráid agus seachrán
dul sa tóir uirthi.
Bhí sí ar shiúl léi.

Gí go ndeachaigh na fir amach
thuig siad ar fad nach mbeadh teacht
ar an bhean a d'imigh léi faoi ghealach an chorráin.
B'in a mian.

Agus anáil bhog ghaoithe
ag séideadh ina dtreo
bhí a fhios acu
nach dtiocfadh siad uirthi marbh ná beo.
Agus, le fírinne, ní raibh siad ag iarraidh a theacht uirthi.

Nó nach cinnte go raibh sí ina maighdean mhara
neach nach raibh riamh ina cara
ag iascaire.

Aithníonn an chiaróg cos a basctha.

XVI

MAC AOIDH – FEAR CAOINTE GAIRMIÚIL

Níor chodlaigh sé sámhnéal.
D'éirigh as a chuid codach.
Ag cneadach go síoraí seasta –
an gadaí santach, bradach!

Ag mairgní gan stop, gan staonadh
i ndiaidh a mhnásan a thréig é.
Ag olagón go goirt
i ndiaidh an chéile leapan a d'fhág é.

D'fhan sé ina aonar
go míshásta, gearánach.
Ní chuirfeadh an dara bean suas leis
agus é ag plobaireacht leis go marbhánta.

Ag caismirneach cois cladaigh
ó chlapsholas go bánú lae
ar na caorthacha mire –
fear ag deireadh ré.

D'éirigh mothallach, crochta,
críonach agus cnapánach,
dorránach, dochrach,
siléigeach, seachránach.

Fágadh é tuirseach, traochta, tirim agus seasc
gan a rúnsearc –
b'shin a chuir sé in iúl do dhaoine
nach dtiocfadh éalú uaidh.

Cluanaire fealltach cois cuais
i measc na ndaoine.
Seanphort glamaire
lá i ndiaidh an aonaigh.

Níor admhaigh sé riamh
gur chuir sé a bhean i ndaoirse
gur sciob uaithi a craiceann,
gur bhain dithe a saoirse.

Níor admhaigh sé dó féin fiú's
go ndearna sé aon dochar
gí go raibh a fhios aige ón chéad lá
go raibh sí uaigneach agus míshocair.

Lean sé leis ag séanadh freagartha
go ndearna sé díobháil ar bith lena ghníomh dhanartha.

Seo an fear a rinne éacht míofar
fágtha feargach agus fíochmhar.

D'imigh an mórtas
agus an chaint uaibhreach
nuair a bhí sé fágtha ina aonar
ag mairgní go huaigneach.

Nár thug sé teach agus teaghlach di?
Nár thug sé maoin an tsaoil di?
Cad é eile sa diabhal
a bheadh de dhíth uirthi?

Ag trampáil an chósta,
ceann s'aige sa cheo
de réir a chéile
thoisigh neart s'aige ag feo.

Agus, ar ndóigh, ag cur achan rud san áireamh, idir dhá
cheann na meá …
An dtiocfadh le duine a ghoid craiceann
a theacht slán gan bhascadh, gan bhárthainn?

XVII

MO GHORMÁNACH GROÍ

Aon oíche amháin
agus an gasúr fán trá
thoisigh sé ar chantaireacht –
Ortha an Ghrá.

Mhothaigh sé uaill ard, choimhthíoch
nár chuala sé roimhe
agus d'amharc sé amach
ar chraiceann na farraige duibhe.

Ba léir dó foltanna fada, fionna,
rubaill ag lonrú,
maighdeana mara
ag snámh agus ag tumadh,
ag preabadaí, ag léimní,
ag pleidhcíocht ina mbuíon.
D'aithin an gasúr láithreach
a mháthair chaoin.

Lig scairt dhomhain as,
thug oscar isteach san fharraige.
Rug siad dhá ghreim ar a chéile
agus chaoin siad go mairgneach
nó bhí siad deighilte agus scartha
ar feadh lae agus bliana.
D'fhan cneas le cneas
sna tonnta maorga, diana.

Agus cheol siad agus dhamhsaigh siad
go siamsúil, go gliondrach,
ag luascadh lena chéile
ar bharr na dtonnta.

Agus d'inis sé a chuid nuachta di,
d'inis di achan rud a tharla
ón oíche udaí
a d'imigh sí léi sa tsáile.

Bhailigh na maighdeana mara
uilig thart ar an dís go réidh
go gcuirfeadh siad aithne ar mhac a ndeirfiúra
a chaith tamall uathu ar strae.

Cuireadh fearadh na fáilte roimhe
mar bhall den chine
chroith achan bhean acu lámh leis,
duine ar dhuine.

Cheol siad agus d'ól siad,
d'ith bia mara,
iad uilig go léir faoi shó
gan chúram, gan aire.

Agus níor nochtaigh na héisc
ná níor chualathas ceol na n-éan,
iad ag tabhairt am agus spás
don mháthair agus don mhac, maraon.

Tugaimis spás daofa fosta.

Agus ag a trí a chlog d'oíche d'imigh sí
i ndiaidh di geallstan dá mac go bpillfeadh sí.
Thug an gasúr na cosa leis
agus thit sé chun suain.
Níor inis do neach cad é a tharla,
níor sceith sé a rún
gur casadh air a mháthair
agus í i láthair
na maighdean mara ar an trá.
Óch! Ortha an Ghrá!
Níor chlis sé riamh, a chairde.

Agus bheadh a fhios aige i gcónaí
cá huair a bheadh a mháthair le a theacht.
Bheadh a fhios aige cá háit
agus cá huair go beacht
a nochtfadh sí, a chrochfadh sí
í féin san fharraige dhomhain
nó chluinfeadh sé go glinn
uaill ard róin
ag ceol go mealltach.
Rithfeadh sé chun na méilte.

Caoltruslóg, leathantruslóg fhad leis an chiumhais
faoi lánluas.

Shuífeadh agus stánfadh
amach ar an fharraige mhór.

D'fhanfadh sé ar stollaire,
an tachrán maoth,
ag feitheamh ar a mháthair
a theacht leis an ghaoth.

Thiocfadh siad mar fhoireann
agus iad ar foluain
ar bharr na dtonn
ag luascadh, ag roithleán
go ciúin, calma,
go maorga, mánla.

Shnámhfadh siad chun an chósta
go diamhair, go meanmnach,
go bríomhar, go huasal,
go síodúil, go gradamach
an mháthair i dtólamh
amach i dtosach na foirne
ag tarraingt go tapaidh
ar a gormánach.

In amanna d'amharcfadh sé orthu
ag marcaíocht na dtonn.
In amanna shnámhfadh sé fhad leo
go ríméadach le fonn.
In amanna shuífeadh sé ar a ghogaide
ar chlár carraige
ag fanacht orthu a theacht isteach
ar an fharraige.

Agus nuair a thiocfadh ...

I bhfuacht na hoíche
agus i spréach na réaltaí
d'fhanfadh sí, chanfadh sí,
d'inseodh sí scéaltaí.
Agus nífeadh sí a éadan,
chíorfadh sí a dhuala,
chuirfeadh sí uachtar ar a chréachtaí,
thriomódh sí a shúile.

D'fhanfadh siad le chéile ar imeall na trá
agus ba léir don té a d'fheicfeadh iad
an comhbhá,
an grá
a mhair eatarthu.

Agus thug an mac faoi deara
an bheocht ina snua,
an ghileacht ina grua.
Agus d'fhógair di gur thuig sé cad chuige ar theith sí
an oíche a d'fhág sí.

Maithiúnas.
Faoiseamh.

D'fhanfadh an mhaighdean mhara
go mbeadh an taoide ar a meath.
Dá dtitfeadh a mac ina chodladh,
luífeadh siad beirt ina gcnap –
Tromshuan an ghrá agus suan-néal an áthais.
Mheas siad beirt go raibh siad sna flaithis
fhad is a bhí siad le chéile.

Agus sula n-imeodh sí an uile oíche:
Mhúchfadh sí le póga é,
d'fhliuchfadh sí le deora é,
thriomódh sí le cliabhfholt a cinn é.

Agus d'impeodh sí ar na déithe a mac a choinneáil ar a
leas
nó bhí sé ina éan chorr i measc
na ndaoine,
ina éan chorr i measc
na n-iasc.

Agus deirtear, a chairde, go bhfuil trí bhás i ndán
don duine:
An chéad bhás nuair a fhágann an t-anam an corp,
an dara bás nuair a leánn craiceann agus cnámha an
choirp sa chréafóg,
agus an tríú bás nuair a luaitear ainm an duine ar
thalamh an domhain den uair dheireanach ar fad.

Bhal, ar ndóigh, tá an bheirt acu ag ithe chré na cille nó ag
lonrú i measc na réalta le fada an lá anois agus le fada an
oíche anois fosta nó ní mhaireann aon duine ná aon neach
ach seal gearr, gairid ar an tsaol seo, sin is uilig.

Agus gí gur leáigh an fheoil,
an craiceann agus na cnámha,
ruball agus lámha,
ordógaí agus corrógaí,
méara agus ladhra,
tóin agus srón –
mhair cuimhne na maighdeana mara beo
go deo
sa chomhrá
cois trá.

Agus, a chairde, seo an fáth:

Bhí sí, ón lá a saolaíodh leanbh di,
ina máthair i dtólamh,
bíodh sí san fharraige
nó ar talamh.

Níor éirigh le duine ná deoraí, éan ná iasc, an craiceann
sin a bhaint dithe.
Níor éirigh.
Bhí sí ina máthair idir anam, chorp is chroí
go dtí an lá gur shíothlaigh sí.

Chuaigh siadsan an t-áth,
mise an clochán,
báitheadh iadsan
agus tháinig mise.

FAOIN ÚDAR

Is as Iardheisceart Thír Chonaill Eithne Ní Ghallchobhair. Tá sí ina scríbhneoir agus ina scéalaí agus tá duaiseanna Oireachtais agus eile buaite aici sa dá cheird. Seo an tríú leabhar atá scríofa aici do dhaoine fásta. D'fhoilsigh sí *Múscail, a Ghiorria* (Arlen House, 2020) a bhí ar ghearrliosta Leabhar na Bliana don leabhar Gaeilge is fearr agus *Súil* (Cló Iar-Chonnacht, 2018) a bhuaigh an chéad áit sa chomórtas Saothair Phróis ag an Oireachtas.